KB120677

장미를 수선해 주세요

시작시인선 0436 장미를 수선해 주세요

1판 1쇄 펴낸날 2022년 9월 23일
지은이 김도이
펴낸이 이재무
기획위원 김춘식, 유성호, 이형권, 임지연, 홍용희
책임편집 박찬세
편집디자인 민성돈
펴낸곳 (주)천년의시작
등록번호 제301-2012-033호
등록일자 2006년 1월 10일
주소 (03132) 서울시 종로구 삼일대로32길 36 운현신화타워 502호
전화 02-723-8668
팩스 02-723-8630
블로그 blog.naver.com/poemsijak
이메일 poemsijak@hanmail.net

ISBN 978-89-6021-654-9 04810
978-89-6021-069-1 04810(세트)

값 10,000원

장미를 수선해 주세요

김도이

천년의 시작

시인의 말

페이스 오프하고 도망 중이던 범죄자가 붙들렸다. 사는 곳을 지우고 전화번호를 지우고 이름마저 지웠으나 제 이름을 부르자 돌아보았다는, 자신을 부정하며 살고 싶은 얼굴들, 내가 아님을 수도 없이 연습했지만…… 누군가의 뒤에 숨는 일은 비겁함이라고 배웠는데 당신의 등 뒤에 너무 오래 서 있었다.

차 례

제2부

제3부

제4부

해 설

제1부

그이를 빼냈다

조용히 부어오르는 봄
외롭게 자라는 거짓말들을 뽑아
다른 거짓말을 덮어야 하는데
언젠간 뽑히기 위해 자라는 불안한 사랑니와
감출 수 없는 충치의 검은 여백들은
오랫동안 아릿한 침묵을 나눠 가졌다

오월은 사라지기 전 뿌리를 깊숙이 심어 놓아
마취가 덜 풀린 서랍들을 궁금해하며
세상이 가끔씩 흔들린다고 생각했다

서로에게 파먹히면서도 몇 번은 악물었을 통증
단단했던 과거들이 헐거워지고 있으니
어르고 달래다 보면
바깥은 어떻게든 할 수 있지만
저 캄캄한 그이의 속은 그럴 수 없어
그 이 빼낸 자리

뱉지 말고 삼키세요!
핏물 고이는 질문을 답도 없이 벌리고 있었던 봄날
그이를 굳게 다물어야 한다고

광어의 보행법

툭하면 주저앉히는 수족관, 폐업한 아버지가 심해 속으로 들어갔다 유유히 헤엄치던 한때를 찾아간 듯, 알아서 납작 기던 사팔뜨기 아버지 잘 벼린 회칼을 남겨 두고 다시는 돌아오지 않았다

한쪽만 바라보며 살고 있는 우리들 밀지도 않는데 자꾸 떠밀리는 파도가 백사장에 뒤척인 걸 보면 제 속에 수없이 긋고 저미던 망설임들이 떠오른다

천적을 피해 수직으로 오를 수 없어 수평을 바꾸며 살던, 그곳을 열어 보면 생이 포를 뜨고 남은 식은 뼈들 나란히 누워 있다 무수히 금 간 도마처럼

온몸이 저며지고도 습성을 버리지 못하는 꼬리가
허기진 젓가락 끝에서 올라간 전세금처럼 요동을 치면
버려진 내장처럼 기일을 넘긴 학자금 고지서가
식감을 자극하는 지느러미살 밑에 무채처럼 소복이 쌓인다

수족관 불빛들이 해류처럼 창가에 앉아 아버지가 왔던 길을 발라낸다 접시에 남은 마지막 한 점까지

신경증 피는 화원

바이러스도 우기라면서 그 불안을 홀짝이며 두 계절이나 말아먹었다

그늘진 화원엔 불온한 이파리들만 돋아 물관을 타고 오르내릴 수 없어 소화불량에 걸린 꽃들은 서로에게 등을 보이고 웃는 법을 잊었는데, 나는 불안으로 병든 꽃들을 죽일 수 없어 입막음으로 달래야 고요를 잃은 내 심장은 때도 없이 두근두근 경고음을 울려 댔고 걱정이 없는 것이 걱정이라는 울증인 빗소리, 출구는 한참이나 멀고 소문은 곁가지로 뻗어 나가 푸른 물줄기와 춤추는 햇살의 식사는 이제 제공되지 않아요

문안에서 극심한 감정 교차 중인 장미는 장마의 수척한 눈으로 빨강인지 분홍인지 알 수 없는 빛깔만 피고 있는, 감상은 금물이라며 띄엄띄엄 말을 걸어오던 실성한 화원의 문에 돌림병이 옮겨 앉았는지 시름시름 분절된 말들만 쏟아 내고 있다

쇄빙선

화석이 된 얼음 아래 몇 개의 별들이 극한에 부서져 내리는 것을 지켜보며 당신을 기다렸다 빙벽 같은 말들이 울음처럼 들려왔지만 깨진 생각들만 밖으로 떠다닐 뿐 기별은 없었다

불꽃이 일던 모닥불이 꺼져 간다 해빙기가 시작되면 당신을 깨트려 달라 했지만 안을 때마다 빛이 되던 별의 체위 부서지던 아찔한, 이별이 녹으면서 흘리던 눈물이 생각났다

백 년 전 얼음 속으로 들어간 애완愛玩의 푸른 여우를 안고 잠이 들고 싶었는데 굳어 버린 관절을 펴는지 우두둑 바다의 극極이 내는 신음 소리를 들었다

내 안에 빙하를 부수는 것이 당신의 사랑법이라면 나는 여기 이제, 당신을 찢고 출항하여 나간다

이 질문의 무게는 사소합니다

딱 끊어진 허리가 쉬어 가기 좋은 바람이 있다

보안등마저 쫓겨 가 버린, 목구멍을 삼켜도 다시 목구멍이 출몰하는, 구역 왁자했던 저녁 웃음이 사라진

굶주린 길고양이들 번뜩이는 내장을 감춰 두고 제과점과 미용실과 철물점이 놓고 간 무거운 질문들을 삼키느라 골목은 수년째 번식 중이다

버려진 화분에서 꽃들은 머리카락을 식빵처럼 뜯어 가며 구조를 기다리고 어쩌다 잘못 든 차량이 출입 금지 팻말을 빙빙 돌아도 행복 도시 펄럭이는

골목 안쪽, 미처 빠져나가지 못한 발걸음이 내디딜수록 캄캄해지는 막다른 귀갓길 무너진 다가구 담장을 밀어 올리면 빨간 딱지 능소화 한창이다

마녀들의 빵

겨울밤 창문들이 우는데

배고픈 엄마는 중세의 책 속으로 나를 쫓아냈어요 나무들이 물었어요 호주머니에 돌멩이가 들어 있니? 주머니를 막아 버려 부스러기도 가져올 수 없었어요 새들이 지도를 물어 오려는데 페이지 곳곳에 마녀들이 되살아나 길을 먹었어요

비정한 허기는 허둥지둥 아무거나 잡아먹어요

속을 채워 잡아먹으려는 늘 배가 고픈 엄마, 통통한 팔 대신 뼈다귀를 내밀었죠 참지 못한 엄마가 책은 모든 것을 가려 준다며 동화 너머로 나를 던졌어요 간신히 책갈피에 매달렸지만

추운 밤 아기들이 탯줄에 매달려 울어요
큰 소리로 읽고 있지만
창문 밖 소리는 아무도 듣지 못해요

허기진 사람들은 집으로 가기 바빴거든요

>

헨젤과 그레텔 문고에 앉아 엄마들이 빵을 먹고 있어요 응애응애 빨갛게 울고 있는 화덕에서 나오는 말랑하고 통통한 빵, 엄마는 갓 구운 나를 읽다가 켁켁 목이 메어요

애월의 그믐

사라졌다고 아주 없는 건 아니겠지
다시 떠오를 수 있을까

애월에 싸인 아이는 울지 않았다 캄캄한 바닷바람을 맞으며 젊은 엄마*는 달이 뜨기를 기다렸으나 오늘은 달도 바다에 빠진 붉은 밤

바다는 손톱을 길게 기르고 있었다 파도가 걸어간 곳도 이렇게 캄캄했으리라 깊은 생각에 빠져 달이 잠기는 것도 몰랐을 것이다 벗어 놓은 신발만 골똘히 물가를 맴돌고 출렁, 네가 잠시 흔들렸던 것처럼 등불이 흔들렸다 무당은 넋대를 먼 곳까지 끌고 나갔다 참나무 가지에 휘감긴 소창은 희다 못해 파리했다

넋대는 흔들흔들 깊숙이 나아갔다 옛날처럼 숨 참기 놀이를 하고 있는 거니 혼은 떠오르지 않고 방파제 들고 나는 바람에 파도가 자꾸 기울었다 굿판은 끝났는데 나는 여러 번 너를 불렀다 놀이는 끝났다고 벗겨져 울먹이던 아이는 달 속에 가득 고인 모래를 그림자도 없이 신고 있다 병든 달을 삼키고 너는 점점 더 깜깜해졌다

* 2018년 11월 제주 애월읍에서 익사체로 발견된 아이와 엄마.

나무 화석

나이테가 새겨진 돌을 보았다 두꺼운 화산재 속에 파묻혀 그대로 돌이 되었다는 규화목, 한때 물관을 품고 수직으로 뻗어 오르던 푸른 꿈을 다시는 꾸고 싶지 않다는 듯 미동도 없이 고요하다

새들이 깃들지 않아도 괜찮아

눈길조차 버겁다는 슬픔 위로 서서히 굳어 갔을, 개요병원 308호 코마 상태인 그녀는 남편에게서 10년째 도망 중이다 열매 맺고 꽃 피우던 기억을 모두 버리고 순정한 마음에도 다시는 싹트지 않겠다는 결연으로 버티고 있는 저 단단함, 생물에서 무생물로 퇴화하고 있는 동안 질곡의 서사를 말로 하지 못하고

한 행 한 획 나이테로 새겨 놓고 석관처럼 누워 있다

파랗게 낀 이끼들이 그녀의 눈물처럼 젖어 있어
앉을 수도 없는

푸르렀던 당신은 언제부터 내 앞의 돌이었을까

서사적인 검은

봉지 속 터질 듯 불룩한 CCTV 입구를 꽉 묶는다 굳게 닫힌 여자의 입은 웃을 수 없이 쓰레기 수거함에 버려지고 제 죽음마저도 증명할 수 없는 완벽한 분리, 봉지 안에서 끊어져 유기된 문장으로 묶인 소문은 부풀려지고 서사의 일부를 끌어안은 검정은 말이 없다

그가 날 공격했어요 아이와 풍성한 삶을 살기 위해 꽉 찢어 버린 아이 아빠를 뒤져 봐도 아무것도 나오지 않는 알리바이, 서로가 한때 붉게 피웠을 꽃숭어리를 내다 버린

유난히 넣어야 할 것이 많은 하루에 들어 있던 것이 우리였는지 기억이 나지 않는다며 질문 밖에 갇힌 죽음을 묶어 버리고 바깥에 갇힌 사람 소문 안에 담겨져 안이 된 사람 집 안의 등을 모두 죽이고

묵묵히 구겨지는 어둠에

검은 봉투를 열어 조문을 가야 하는 밤 자신이 죽은 줄도 모르는 남자가 잠에서 깨어 조각난 자기를 쓸어 모으며 운다

꽃 피는 이명

수로를 타고 오른 꽃들이 색도 없이 중이염을 앓는 봄

애인이 귓속으로 들어왔다

불면으로 말을 걸어 잠근
밤 잎들은 수군거리며 내 몸에다 우기를 흘려 놓았다

왼쪽 방향으로 새가 울고 빗물이 흘러
꽃들은 그쪽으로 귀를 기울이며 숨소리를 죽였으나
무채색 소음은 불면과 자주 어울렸다

색을 잃은 얼굴이 멀미로 귀를 벗어 두고 싶어
꽃 피는 소리들이 자리 잡은 음역은 방향도 없이 흐르고
귓속말에 걸어 둔 네가 파장으로 흔들릴 때
너는 어떤 데시벨로 화를 돋워 냈을까

미궁, 몽夢

아이를 태워 버리면 잃어버린 꿈이 돌아올까 담뱃불로 아이들을 비벼 껐지만 길몽은 나타나지 않았어, 꿈을 꾸는 동안은 시야가 흐리다 흐릿해서 가끔씩 길을 잃는다 제 아이들이 타는 동안 여자는 잃어버린 길을 손가락질로 누구에게 묻고 있던 걸까

베개를 따라 통로를 빠져나간 거미는 천천히 시간 밖으로 실을 풀었다 어느새 잠의 수로를 따라 끌려가고 있었고, 나는 그때 은유되었다 “너는 태몽도 없었어!” 엄마는 꿈을 꾸지 못하는 날 태몽 탓으로 여겼다 양수 속에 들어앉아 거꾸로 가는 꿈을 꾸던 시절, 태몽을 뒤적거리면 미처 빠져나가지 못한 악몽들이 짜다 만 그물에 줄줄이 걸려 나왔다

눈을 뜨고서 잠을 자는 두서가 없는 너는 걸러져야 해 엄마는 눈꺼풀에게 불침번을 세웠지만 걸러지지 않고

햇빛이 새벽에게 그물을 던질 무렵 거미줄에 걸려 있는 비밀을 따라 놓쳐 버린 몽유들이 실핏줄처럼 엉클어지고, 축축해진 베갯잇이 길몽과 악몽을 깃털인 양 뜯어내며 먹는데 침대맡 눈시울에 주술처럼 쏟아지는 저 검은 아침

방전된 사월

여기는 어디입니까
나는 과거도 현재도 아니어서

손발이 묶인 채 거대한 욕조에 담겨 있습니다 스마트폰은 비명도 지르지 못하고 가라앉았고 가방 속 일기장은 어리둥절 꽃 피는 날들을 지웠습니다 똑똑 떨어지는 물방울들은 이내 수위를 넘을 것입니다 사람들은 각자의 전화기 너머로 나를 짐작할 수 있겠지만

용서하세요 이 파도를 견디지 못하고 잔잔해지고 싶습니다 그러나 아직 나를 호명하는 이들이 있어, 이름으로라도 돌아가기 위해 필사적으로 빼끔거리고 있습니다

방전되어 가는 눈먼 불빛만이 등대처럼 깜박거리고 있습니다 꺼져 버린 노란 불빛을 따라 당신들이 온다면 나는 세월을 헤엄쳐 사월로 돌아가고 싶습니다

깨진 달

저당 잡힌 하루를 엎으면 핏발 선 개평이 흘러나올 것 같은 골목, 가로등을 잠재우고 올려다본 하늘에 가출한 달이 도박판처럼 떠 있다 새벽녘 창을 열면 미처 거두지 못한 달빛이 후회나 막심처럼 잠든 엄마를 흔들고

빚쟁이에 쫓겨 올라간 옥상, 난간이 나를 받아 준 달

사다리를 한두 개만 발돋움하면 갚을 수 있어요 미처 놓친 손끝에서 오래 구운 달은 요란하게 파열음을 내며 박살이 났다 국방색 담요 위에서 깨진 비는 질척거리며 울고

검은 항아리 안에 보름달을 가둬 줄게
블루문이 뜨기 전에
네가 기다리고 있다는 걸 말해 주러 가자

갈라진 화분에서 사쿠라 같은 희망이 피었다 지는 사이

계단이 끝나는 곳에서 아이가 흩어진 화투 패 같은 조각을 모으며 논다 내가 할 수 있어요

제2부

복숭아의 뼈

발목이 보일 만큼만 잘라 주세요 기다란 겨울을 재단하니 바지 아래 발그레한 봄이 드러났다

봉긋한 향이 나는 열아홉, 무릉도원이라는 서울로 상경한 솜털 보송한 복숭아, 달콤한 과즙으로 꼬여 드는 벌레에 복사꽃을 피우기도 전 심장이 물러 버렸다 물컹 물고 놓아 주지 않는 붉은 이빨들, 여린 속살까지 파먹으며 과즙을 뚝뚝, 달려들다 안간힘으로 버티던 뼈에 부딪히자 돌아섰다

심장을 닮은 단단한 복숭아
아직 씨앗의 날들이 남아 있어,
새들이 진술하고 빗물 울어 주면
치마 속 볼기 같은 복숭아뼈에 볕 들고 바람 일렁이면
발목에 심어 놓은 당신을 열어
꽃잎 쏟아 낼 텐데

잘라 낸 바짓단 아래 도화살 같은 봄물 번진다

장미를 수선해 주세요

소문이 돌았다
늘 맞고 산다는 수선집 여자
재봉 가위에 찔렸다는 그 여자의 사내
바람이 싣고 갔다는, 핏물 밴
장미 향이 동네방네 폭력처럼 돌아다니는 계절의 일이었다

이따금 부어터진 입술에 검붉은 피멍을 꽃잎처럼 피우고, 들들들 재봉틀 돌아가던 그 집에 임시 휴업 종잇장이 덩굴장미 이파리 떨어져 나가도록 펄럭이고, 된서리 내려앉은 다 늦은 시절까지 소문은 고장 난 노루발 자국처럼 이리저리 삐져나왔다

귀가 시린 12월 아침
통증을 몰고 오는 눈보라처럼
그 여자 깡마른 울타리에 찢긴 오리털 재킷은
가시를 세운 산책로에 붉게 물들어

절명 직전 부풀어 오르는
독

>

무심한 입술로 여자는
—다 죽어 가던 것이 독하기도 하지
넝쿨 뒤에 숨어드는 소문들을 잇대어
울타리를 깁고
상처와 상처는 서로를 감춰 주어

건드리면 기어이 피를 보고 마는 가시의 흔적이 봉제선으로 남았다

백합 메두사 피우기

마음 떠난 애인을 잡으려다 눈이 멀었다

심장 한 귀퉁이를 멍들게 하는 절망에다 일주일을 빌려주고
메두사 꽃 모가지를 잘라 처방전에 심는다

아침저녁으로 체위를 바꾸는 두 개의 머리,
수척한 비늘이 수시로 쏟아졌다
나의 내부는 빨강의 맹독만 남아서 북향의 동굴처럼 소리지르는데
어디까지가 당신의 시료詩料인가
안간힘으로 신열 앓는 치명을 밀어낸다

꽃을 피우려는 건 다른 당신을 만들겠다는 말
당신의 눈을 피해 꽃을 피우려면 수심이 더 깊어져야 하듯

첫 꽃 모가지가 꺾이면 다음 날 다른 꽃이 피었다 나는 화석이 된 머리에서 뜨겁고 긴 울대 하나를 끄집어내었다

헛꽃의 백일몽

불임의 여자가 꽃을 심는다 죄를 고백하듯 몽유의 계절엔 원색의 꽃들이 신경증처럼 피어나고 색色에 끌려온 나비들 날갯짓이 시끄러운데 여자는 자꾸 무채색 옷을 벗는다

상기된 얼굴로 몸을 열던 계절이 깜박 눈 붙이자 오후 두 시에 꾸는 꿈에 나비 떼 분주하다 수면 근처에 발끝을 들고 기웃거리는 부풀은 구애, 식은 자궁이 잠 안에서 데워져 꿈속 길이 뜨겁다

제 이름을 기다리는 겹겹의 적막
밖으로 불러내지 못한 꽃들에게

밀선에 숨어든 나비의 심장에 깊숙이 핀을 찌르고 박제된 사내가 표본 상자 안에서 헤매던 전생의 안부를 묻는다

꽃밭을 꺾다 절벽에서 헛디딘 사내의 몸속에 소문이 무성하다 돋아난 백일몽 사이로 날개를 접었다 펼치는 당신을 본 것 같은데 나비 떼 숨차게 날아오른 것 같은데, 나는 아직 꿈속인데 내가 훔쳐본 시앗들 터질 듯

스칼렛 제라늄

지금,
열병을 앓고 있는 당신에게 그녀가 다녀간 입술이 새겨 있다

눈치 없는 바람에 꺾어 버렸나
이른 아침 베란다 난간에
발목 꺾인 제라늄이 비바람을 맞는다
막 몸을 열려는 꽃숭어리 매달고서

포기하지 못한 사랑의 화신 스칼렛처럼 눈물을 뚝뚝 떨구며 이리저리 흔들린다 폭삭 다 젖는다 제 안에 욕망을 감추며 사는 것들은 바람에 잘 흔들리는 법 난 흔들린다 제 안에 숨겨둔 냄새로 사는 것들은 화분 깊이 숨을 죽이고

그녀의 발목을 집어 조심스레 유리잔에 심었다 탯줄처럼 뿌리가 자라고

이제 속을 모두 내보일 때
기어이 유리병 위로 핏빛 꽃잎 펼쳐진다
당신, 붉은 입술이 돋아난다

겨우살이

당신이 죽어 간다
겨울 숲을 열면 물오리나무에 악착같이 붙어사는 붉은
당신은 제 몸에 함부로 깃든 법을 몰랐다

월세도 없이 건넌방에 세 들인 나무, 뿌리도 없이 떠도는 그 웃음을 올겨울만 나게 하자고 빈방에 들인 건 당신이다 얼음 쨍쨍 언 날에도 푸르게 웃음소리 들려오던 그 방 웃음소리 붉게 익어 갈수록 입술들 무럭무럭 자라나고 서서히 시들어 가던 당신의 등에, 바닥만 남은 수액에 굵은 빨대가 꽂혔다

폭설 쏟아진 날 뿌리째 말라 가면서도 떼어 내지 못하는 미련한 아랫도리가 다 뽑힌 채 눈물 같은 눈을 맞는다

바람이 들고 나는 병실엔 천천히 물기를 뺏긴 한 사내의 일생이 그렇게 뒤척거리는데 음료수를 빨아 마시는 입술이 숙주처럼 붉다

그레이, 그리고

마침내 바다에서 돌아와 공항에 도착하니 도시는 안개에, 한 줄 금이 갔던 흐릿한 당신은 밤에 도착하는 사람 어두운 사람 새벽과 내통하고 망설이느라 불 켜진 뜨거운 이마에 신열이 다 내리도록 한참이나 늦다

아마 슬픔도 분노도 아닌 계절은 지금 창백한 저녁을 지나고 있는 것 같다
나는 여전히 차갑고 흐릿한 쓸쓸함이어서 희뿌연한 당신을 통과해 가지 못한다

내가 말하는 쓸쓸함이라는 것들은
우는 것도
웃는 것도 아니어서
권태기 정인의 심드렁한 색상 같은 것

가끔 바닷가에서 당신을 넘어가는 투명한 블루의 파도를 본다
나는 이 심장을 달래기 위해 자꾸 바다로 떠나는 것이다
당신이 모르는 나의 색깔에는 혼자 자라는 그늘진 잿빛이 있다

선인장 공터

오후 세 시 맨발은 불볕 같은 모래 안에서 따갑기만 하다

우리가 절연을 해야만 하느냐며 꼭 물음표를 던지던 당신 공터에 버려진 선인장보다 심장이 가난하다 투정을 부리던, 잎을 버리고 가시를 세웠는데 상처를 참다 참다 남몰래 흐느끼는 밤이 있다는 걸 건기의 당신이 짐작이나 하는지

그늘 한 조각 나눠 주지 않았는데 풀 한 포기 나지 않는 오아시스에 입맛을 떨어뜨리는 모래알 밥상머리 혓바늘 돋은 입 안에 깔깔한 밥알을 욱여넣으며 백 년쯤 기다리면 꽃이 피려나 평생 가뭄의 빗방울처럼 자라나고 천 년쯤 기다리면 꽃이 얻지 못할 걸 꿈꾸었지

골목에서 새로 악수를 청하던 선인장
얼마 전까지 의연하더니 고개를 들지 못한다
무심코 발로 차니 툭 부러지는 울음
선인장 공터가 한 뼘쯤 늘어난다

고시원 직박구리

폭설로 허리가 휘는 가지에 잿빛 날개 앉을 자릴 찾고 있다
가지에서 가지로 날갯짓을 할 때마다
벌겋게 맨발이 미끄러진다
페이지도 없는 공중에 눈발처럼 흩어지는 깃털들

고시원 앞, 슬리퍼의 남자가 언 하늘을 올려다보고 있다

사는 것이 날마다 미끄러지는 일뿐이었을 때
부끄러움의 연속일 때
잠깐 저 어둠 속으로
흔적 없이 날아가 보고 싶었는데
질문하듯
내 안의 새들은 자꾸 날개를 접는다

길 건너 유리 벽이 밧줄을 풀고 있다
빙벽을 타듯 아이젠같이 발톱을 세우고
살얼음 같은 유리 건물에
한 사내가 눈물처럼 매달려 운다

외벽이 아슬아슬 제 몸을 닦는 동안 옥상 위 비행운이 한숨

처럼 저녁을 쏟아 놓고

얼어붙은 발바닥을 남겨 놓고, 남자는
버팀목도 없는 허공으로 날아오른다
푸드덕,
뼈만 남은 나뭇가지 떠메고서

겹겹의 의도*

내 슬픔을 함께 울어 주던 꽃들이
거울을 깨뜨리며
등 뒤에서 왁자하게 꽃망울을 터뜨렸다

우리 사이에 오해가 있는 걸까
가파르게 울다가 전화벨이 울리면 평지가 되는 목소리처럼
벽으로 위장한 문을 감추고 있던 거야

엄마가 층층의 음식 쟁반을 이고 낙원시장 골목을 누빌 때, 무너지지 않으려면 비밀이 필요하단다 머리 위에 끼워 넣은 건 물음표 같은 똬리뿐이었는데 장미는 홑꽃보다 겹꽃 속에 아름다움을 더 많이 숨기고 있는데 너는 꽃잎 속에 무엇을 숨겼던 거니? 엄마는 그 많은 물음표를 이고 잘도 걸어 다녔는데, 나는 장미꽃처럼 잘 지내 깔깔깔 웃으며 돌아간 네가 부고장으로 나를 맞은 날 까도 까도 혼잣말뿐인 양파를 벗기며 울었다

깨진 거울 너머로 네가 떨어지고 있다
다시 꽃은 필 테지만
몇 겹의 오월을 너에게서 뜯어낸다

앙상해진 꽃들이 거울 속에서 퀭한 눈으로 굽어본다

* 『겹겹의 의도』: 장 자크 상페.

노루발꽃

창신동 낙산공원 산책길
좀체 곁을 주지 않는 늙은 소나무 뒤편 그늘에
키 작은 노루발꽃 피었다

절벽마을 골목에 서서 두 귀를 쫑긋 세워 보면
앞뒷집, 윗집과 아랫집 할 것 없이
잠 없는 노루의 잰 발걸음 소리 새벽을 열고

패션 산업 막다른 마을 배후에
사냥꾼에게 쫓겨 온 보조 미싱사가 산다
밑실에 걸어 놓은 봉제된 꿈들은
그녀의 지그재그 서툰 발자국만 남기지만
드르륵 한 걸음 내디딜 때마다 조금씩 꽃들은 피어나고
쉬지 않고 내달리는 노루발이
발꿈치를 올렸다 내렸다

올 풀린 꽃밭에 덧단을 대고 밤새도록 그녀가 박음질되고 있는

지하 네댓 평 라라패션 형광등 불빛이 햇살보다 환하다

게발 선인장

사고로 한쪽 발을 잃은 당신 떠도는 발 하나를 훔쳤다 훔쳐 온 발 속으로 시간이 흘러 상처가 돋을 무렵 아무도 모르게 묻어 놓은 발이 무럭무럭 자라 마침내 저녁노을을 터뜨렸다

가위질에 잘려 나간 초승달처럼 집게발을 내밀어 비릿한 그 꽃들을 움켜쥔다 날카롭게 싹둑 잘려 나간 발모가지들 잘려도 꿈틀거리며 다시 일어서는 발모가지들 모가지 당신 목발이 필요하면 내게로 오면 될 것을 발끝에 핀 통증을 모아 붉은 도장을 찍어 줄 텐데

한쪽 발이 잘린 발걸음 소리를 내며 내게로 구부러지고 통증 이전의 꽃 몽우리 하나가 기운 쪽으로 기울어져 실수로 놓친 게 아니라 피어나서 실수인 꽃은 내 몸에서 조금씩 흘러나온 심장의 흐느낌 같은데 네 발끝에 피어난 핏물 같은 죄 더는 물어볼 일 없겠다

패스워드로 남은

서로의 패스워드 증후군을 앓는 밤 진통은 시작된다

오래 외면했던 시선에서 목은 너무 아팠고
그것이 너를 꺾이게 했다는 생각을 하면
꼭 그때쯤에서 눈물이 난다
부디 잘 살라고 안부를 전하고 싶지만
이제는 환승해 버린 아이디

접속할 수 없는 계절이 폭설처럼 쏟아지는 날이면
메모리된 너의 폴더에선 눈발이 날리고
네가 버리고 간 동백에선 붉은 울음이 떨어졌다

너의 소식도 나도 때아닌 춘설에 묻히고 묻혀
피다 만 동백들 가뭇없이 목을 떨굴 때
지친 몸으로 돌아와 선득선득 현관 앞에 서면
손가락이 먼저 알고 너를 누른다 지워도 닦아 내도
패스워드로 남은

지우개 밥

지워진 것은 숨기 좋은 행간이다

꽃은 읽히기 위해 핀다는데
지우개 밥으로 남겨진 여자가
책갈피 어디쯤 겹줄을 그어 놓고 사라졌을까

대낮에 숨어 있던 여자가 화들짝 매무새를 다듬으며
오후 자막에 그림자를 만들어 놓았다
오늘을 구독 중인 신문에 밑줄을 긋는 중
실루엣이 얼비친 그녀 밑줄을 쫙 그어 놓는다

그어진 날이 아픈 듯 신문 속으로 따라 들어오고
빌린 책에 함부로 밑줄을 그어서는 안 되는데
모르는 척 여자는 여백마다 연필을 깎는다

저물녘 접힌 당신을 펼치려다 깜박 잠이 든
나를 낙서하고 있었다는 당신

측은한 듯 노을은 붉은 지우개를 꺼내 든다
나는 빌려 온 저녁에 밑줄을 긋다 지워지는 꽃
남은 것은 이제 피지도 못할 꽃 몽우리뿐

동백이 피지를 못하고

한여름에도 추워 파리하던 너는 두절된 지 이태 만에 냉동고 속에서 나를 맞았다 얼음이 된 눈물, 얼어붙은 일기를 부검한다고 했다 냉랭하게 누운 그 앞에서 나의 진술도 얼어붙어 밥숟갈마다 얼음이 서걱거렸다

꽃망울만 잔뜩 매달고 죽은 동백나무 기다리지 않아도 봄이 온다던 이성부 그 봄이 덜컥 왔는데 꽃은 피다 말고, 초경도 치르지 못하고 야산에 버려진 소녀처럼 퍼렇게 멍이 든 채로 말라 죽었다

부빌 어깨 하나 없이 추위와 싸우기 싫었던 거라고 짐작했다 난데없는 한파로 냉해 입은 꽃들이 검게 썩는 봄, 네가 세상을 버린 이유 알 바 없이 계절은 그냥 간다

제3부

화이트 데이

발버둥 치던 아이가 울음을 뚝 그치듯 때로 슬픔은 달콤함에 맹목으로 녹아들고 한때 사랑을 나눠 가졌으므로 사탕에게 영혼을 판, 네가 사라지고 있다 사탕을 얻으려다 끈적해진 바닥들은 어두운 걸레가 핥아 가고 한 알 남은 변명에 침이 고인다 조용히 녹아 가는, 말수가 줄어들 듯이 사물이 사라지고 있다

바닥에 엎질러진 너를 주워 담으려는데
달콤하게 녹고 있는 너는 농담이었다며

사탕을 사랑이라고 우겨 대던 입 닫은 방 안에서 불 꺼진 사랑을 빨고 있다는 말은 거짓말 태어나는 순간부터 작아지는 너는 내가 먹은 최초의 은유, 아직 입술에 남아 있는데 녹아 없어지는 것은 줄거리가 아니라 깨물어 버린 연애, 혀끝에 거짓말 같은 당신을 물고

사탕이 녹는다 기억이 오, 결말을 생략하고 있다

친애하는 권태 씨

눕는 것을 좋아하다 어느 날 소파가 된 여자가 있다
빨래를 차곡차곡 개어 놓고 텔레비전 연속극을 켜 둔 채

퇴근한 남자는 졸아든 저녁을 낡은 엉덩이에 파묻는다 여자는 새된 비명을 질렀지만 어두운 드라마가 소리를 먹는다 자정 지나 달빛이 들어와 남자를 쓰다듬지만, 졸다 깨다 웅크린 채 잠이 든 무심한 남자는 정물이 되어 가고 무료한 여자는 풍경이 되어 가는 중이다

설핏,
햇살이 들어와 실내를 비추고 어디에도 남자는 없고 여자도 없다

벽에 걸린 하품으로 눌러앉아 바닥에 닿은 소파가 습관처럼 마주 보고 있다

당신, 어떻게 된 거야?
수년째 동거 중인 소파가 물었지만

나는 일어서기도 걷기도 싫어 권태 씨에게 착 들러붙어

놀다 졸다 오르가슴도 나른한 햇살과 상간을 하고 하루를
죽인다 물 좀 달라고 애원하던 벤자민은 어제가 오늘인 듯
내일이 어제인 듯 물끄러미 신음 한 번 없다

똑같은 해가 기운다
심심한 생을 누워 있어도 좋을 구실이 생겼다

불면을 건너가는 불면

어디인들 전쟁터가 아니랴

입을 벌린 들판의 우물에 빠졌는데 나는 심이 다 닳은 연필 같아서 소리치는 법이 생각나지 않는다

어둠 속에서 초원의 양들을 세고 있다 양 한 마리 양 두 마리, 내 앞을 초월해 가며 가운뎃손가락을 세우던 난폭 운전자 양 세 마리, '그따위로 살지 말라'는 변심한 애인의 문자메시지가 배경으로 물러서지 않고 양 네 마리, 화를 돋우고 있다 양들은 다 잡아먹히고 말았다

컴컴한 거실에 서서 불 꺼진 아파트를 건너다본다. 달도 뜨지 않는 폐허가 기척도 없이 나를 반사하고 있다 폭망한 지구 위에 홀로 남은 주인공이 괴물들과 싸우기 위해 입면入眠을 거부하던 총구가 나를 향하고 있다 나는 전설이고 싶지 않다* 무심히 걷다 보면 허방으로 빠진다는 보이지 않는 우물과 사막의 모래 폭풍이 한꺼번에 몰려온다

다시 초원으로 건너가 살아남은 양들을 불러 모은다 여러 번의 도전이다 반복해서 부르다 보면 불망을 버리기 위해 사라진 잠을 분질러 불면에게 다다를 것을 경험으로 안다

* 《나는 전설이다》: 프랜시스 로렌스.

검정 구두를 신은 금요일

심야 극장 앞에서 기다리는 당신을 만나러
검정 구두를 신고 자정 위를 걸었다
불 꺼진 상점들이 들고 오던 커피 잔에
술 취한 거리가 불면같이 쏟아졌다

모든 요일이 회전문을 밀고 나온다
꼭 불태워야 할까
오늘 밤은 불금, 피곤한 몸 이끌고
주말週末 아닌 주말酒末을 보내다
일요일까지 태워 버리겠지
오른쪽으로 열쇠를 돌려 보지만 창구는 이미 닫혀 있다

한쪽에서 누군가 웃었고
잠에서 깨어난 채로 다시 잠들고 싶었는데
왜 나는 자꾸 열리고 있는가
당신이 커튼콜처럼 박수를 쳤지만
찰칵, 소리는 들리지 않았고
열쇠 구멍 뒤에선 아무도 걸어 나오고 있었다

2분의 일요일

잠깐 돌아다본 사이 네가 사라졌다

오후가 몰려왔고 공원에는
아침이 천천히 걸어 나간 표정들과
일주일이 일요일이 된 사람들의
불안한 발자국만 찍혀 있다

사거리 교회의 헌금 바구니를
중얼중얼 분절된 회개가 채워 나가고

너를 다시 비울 때까지

목욕탕 거울이
김 서린 상반신을 비추고
드라이어가 젖은 일요일을 부풀리고 있다
시간은 바람을 어설프게 말려 가고
감기는 눈꺼풀을 열어 남은 책을 읽었다

오늘은 문틈만큼 접혀 있는데
저녁이 시작되고

네가 미처 건너려는 정규직에
반쯤 남은 고백이 장미처럼 꺾이겠다

이석증

아픈 내 귀를 잡아당겨 동생을 밀어 넣고 사라졌다

붉은 칸나 뒤쪽 풍경이 유난히 무겁던 날
톡톡 창문을 두드리던 작은 파문 하나가
날아오며 수면을 뒤척이고
일상은 한꺼번에 깨져 버렸다

고요는 중력을 무시하고
기울어진 시간들을 간신히 떠 있었는데
떠도는 병에 걸려
엄마의 임종을 못 했다고 울먹이던 동생은
숨 끊어진 후에도 열려 있다는 귓속에
작은 행성을 숨겨 놓고
자꾸 외발로 서 있으려 했다

벼랑 너머처럼 캄캄해지던 소리의 꽃그늘

안에 들어앉아 바깥을 포기할 수 없으면
단단함은 울음처럼 계속 자라나
그 돌이 어디까지 날아갈지 몰라

찡그린 얼굴이 펴질 때까지
돌고 도는 멀미를 견디는 건 네 몫이 될 거야

귀에서 꺼낸 동생의 얼굴이 구겨져 있다

아무 날의 책갈피

무심코 펼쳐 본 당신이었는데

꽃잎으로도 읽지 못하고 구름에 꽂아 두었던 서표
조울증 앓는 바람에 사납게 넘어가는 페이지
풍문으로 당신을 읽는다

한 번도 꽃잎처럼 쫙 펼쳐지지 않았던
주석 없이 이해될 수 없었던 낯선 행성의 언어
오래 열려진 채 간절한 지문과 혓바닥으로 두꺼워진 당신이라는 갈피

아무리 읽어도
쪽수가 줄지 않아 반복해서 밑줄을 긋다가
바람이 펼쳐 놓은 책장을 덮는다

가랑잎보다 얇은 서표 하나 꽂을 수 없던 단단한 여백
한숨 같은 쉼표를 모두 뱉어 버렸지만
겨우 닫은 문을 다시 열지 말라는 듯
문장마다 버려지고 흩어져
어느 페이지도 찾을 수 없이 당신이 사라졌다

>

나는 아무 날도

그저 당신 갈피에 들어가
나른한 세상 읽어 보다 잠들고 싶었는데

즐거운 갱년기

식탁 한구석에 유통기한을 넘긴
여자가 오도카니 앉아 있다

한때는 노릇노릇 봉긋하게 부풀어 올라
향긋한 냄새를 풍기며
모두가 먹고 싶어 했던 식빵이
꽁꽁 묶인 비닐 봉투 안에서
거뭇하게 기미 돋은 얼굴로 말라 간다

개미 한 마리 봉투 안을 들락이다
철 지난 빵 조각과 입맞춤 중이다

그 집 여자 유일한 추억은 볕 좋은 창가에서
구수한 원두 향을 음미하며
새봄의 얼굴을 뜯어 먹던 일

마침내
겨울은 늦고 봄은 이른 2월
쓰레기봉투에 간절기를 담아
그 여자 집을 나선다

>

갑자기 붉어지는 오후

유통기한이 해제된 여자의
달콤한 나머지 애인들이 달아오른다

유리창의 조건

우리가 보는 창밖은 실재일까
풍경에 자꾸 속았다

창가에 놓인 이젤 위에 풍경이 얹혀 있다 밖은 안을 엿보려 하고 창문은 그림의 비밀을 감추고 있다

잘 보려면 마음으로, 유리처럼 당신이 투명했을 때, 마음이 어디에 있는가? 눈앞엔 복제만 수두룩했다

창밖은 실제 하지만 속임수가 많아 그림 속으로 들어갔다

당신이 잘 볼 수 있도록 나는 오랫동안 걸려 있었지만 액자 바깥은 볼 수 없어,

밖은 거짓을 감추느라 최선을 다해 진실이다

너는 안에 있는가 밖에 있는가
창문들이 자꾸 질문을 던졌다
나는 안도 아니고 밖도 아니어서
길게 골몰하는 것은 나를 깨뜨릴 수가 있어

>

투명한 당신을 던지고 풍경이 달아난 액자를 떠올리며 그림 속 그림으로 남는다

역류성 식도염

입구가 출구인 융통성 없는 통로에서
나오려는 것과 들어가려는 것이 마주쳤다

배수로가 좁아진
그녀가 역류하고 있다
흘러가야 할 것들이 쏟아지고 있는 아침
여자는 복통으로 배를 움켜쥔 채
컴컴한 구멍 속에 고여 있던 표정들이
거꾸로 흘러넘치는 것을 본다

구멍에선 끊임없이 소용돌이치고 있다
소화되지 못한
지퍼를 닫듯 불룩하게 욱여넣었던
복잡한 네거리와 허세뿐인 명품 백
반 토막 난 주식들
몇 년째 검색 중인 외제차

좁은 통로에선 아직 토해 내지 못한 것들이
내상이 되어 박혔던 말들이 심장과 위장을
들락이며 분열을 일으키고

>

그치지 않을 비

배관공은 연락 두절인데

수심 깊은 곳

소화되지 못한 남자가 목구멍을 휘젓고 있다

봄의 입덧

목울대가 꿀꺽,
상극이라는 당신을 처방전도 없이 삼키고 있다

이별 수가 있다던 점괘를 맞추듯 멀쩡하던 그가 죽었다 더부룩한 제 속을 달래려 받아 놓은 국적 없는 몽롱한 열매가 숙취의 그를 꼬드긴 거야 어서 나를 먹어 보라고, 이국의 향기에 이끌린 심장은 멈춰 버렸지

봄이 견뎌야 하는 겨울의 일이라며 흰 꽃잎들 벌어진 어제를 오므리고 바닥으로 뛰어내릴 때, 제 속으로 엎질러지는 붉은 열매를 숨겨 안았어

겨울이 힘든 창문은 차가운 소문이 끼고 걷히지 않는 수금의 커튼은 무거워지는 체중만큼 점점 두께를 더하는데

긴 머리카락으로 치명을 풀어내던 숨죽인 식욕이
터진 입술처럼 붉게 벌어질 때
내실 깊은 곳
달 속의 태몽을 훔쳐 꽃 점을 쳐 본다

그렇게 길치

이정표 앞에 서 있는데 꽃말을 읽을 수 없다
지도 한 장 달랑 들고 떠났던 여행
깜박 잠들었던 사이
돌아갈 경로를 네가 가지고 떠나 버려
시절이 다 저물어 가는데 아직 길 위를 헤매는 중이다
검은 실타래를 잡고 혼자만 미궁을 빠져나간 발자국
덧칠한 그림 밑에 이야기를 숨기듯 활로를 지우고
미로 속에 나를 버렸다

이곳에선 흔적이 보이지 않는다

당신은 더 이상 길을 간섭하지 못하고
왔던 곳으로 되돌아간
발의 안부가 궁금하지 않아

길은 시절 인연처럼 낡아 가고
그건 내가 아는 어느 병명 같기도 한데
목적지를 두고 평생 헤매다
어느 별로도 걸음을 떼지 못하는
그렇게 길치라는 병이 있다

연인들*

너는 온통 어두운 색조다
더듬거리며 베일을 벗기려 하지만
너무 가까워
계단을 오르며 카페 안을 들여다본다
두 개의 물음표가 마주 앉아
건드리면 사라져 버릴 불투명한 체온들

모르는 언어가 서로의 입술을 닫아 버렸을 때
너의 눈꼬리에는 언제나 무채색 강물이 흘렀다
베일이 감추고 있는 상처들
오래전에 내버려 둔 얼굴을 당겨
한숨과도 같은 체위로 키스를 하지만

친밀하지 않을 만큼 비좁아
서로를 볼 수 없는 어두운 밤뿐이었다
밤은 빛이 없으니 죽음과 같고
나는 검정이라 발음하고 감정이라 적는다
감정에 대적할 수 있는 컬러는 실패한 불안

두 눈을 마주 볼 수 있으면 사라져 버릴 것들

>
그래서 당겨 안으면 그렇게 어둡고 막막했던 거다

* 〈연인들〉: 르네 마그리트.

사소한 일

속없이 피는 꽃들이 짜증 난다고
웃는 얼굴을 보면
다 죽여 버리고 싶다고
펄펄 뛰다
세상을 그은 너와
같은 사랑에게 세 번이나 차이고
진상을 떨다
알약을 삼킨 내가
마주 앉아 밥을 먹는다

사랑 때문에 죽으려 했던 나와
사는 일 때문에 죽으려 했던 네가

꾸역꾸역
상추쌈을 밀어 넣으며
그깟 일로 사소한 서로에게 눈 흘기며 눈물을 찔끔거리며
아, 찢어지게
막막한 허기를 삼키는 저녁

식당 문이 열리며

꾸역꾸역

저마다의 내막으로 채워야 할 허기들이 몰려든다

니트족

게임기 소리 요란한 당신의 방문 앞에서 아버지는 신문 기사를 읽고 있다 일본의 엘리트 구마자와가 히키코모리 아들을 살해했다는

나는 부모에게 기생하지만 미안하지 않다 빈둥 염치도 없고 상식도 없다지만 세라비, 그럴 수 있으니까 떨어져 나간 보풀처럼 호모인턴스를 거치며 나름 노력했으니 이젠 식구들이 다 나간 소속되지 않은 늘어진 이 아침이 참 좋다

그대들은 소통이 안 된다고 외면하지만 괜찮다 세라비, 만원 버스에 업무에 시달리며 당신들은 꿈이라는 실형을 살고 있으니 자유로운 내가 불어 터진 라면 발과 친숙하게 후루룩거리며, 스마트폰에 얼굴을 처박고 시간을 들이마시지만 고독하지도 불행하지도 않은 나는 면 인류

그는 햇빛을 품은 방구석에서
셀 수 없이 빵빵한 유선 채널들을 돌리며 파노라마처럼 웃는다

제4부

두부

끓어오르다 엉겨 붙은 네게로 자주 뭉그러졌다

당신은 반듯하고 각진 어깨를 수시로 파먹고
모서리가 떨어져 나가
말랑하던 여유는 사라져 버리고

늘 그랬듯이
한 조각마저도 먹히고 나서야
심장이 철창처럼 식었다는 걸 알았다

따끈하고 부드러운 계절을 걸러 내면
뜨겁게 부풀어 오르던 허기를
다시 뭉칠 수 있으려나
틀을 만들고 눌린 마음을 부었지만

검은 봉지에 담긴 당신 한 모 물컹하게 식어 간다

49일 건널목

병원 앞 신호 대기에 걸려 있다 길 건너는 엄마를 보았어 사십구재를 앞둔 비가 올 듯, 어정쩡한 날씨였어 생각 없이 피던 벚꽃 만발할 때 가셨으니 숨 놓아 버린 꽃잎들 거리에 봉분처럼 누워 있더라 신호가 끊길 거 같은데 고장 난 바퀴를 밀며 기우뚱 나아가고 건널목은 시간을 재촉하고

엄마! 왜 그러냐 빨리 건너요 애야, 무르팍이 아프잖니 죽어서도 엄마는 입버릇처럼 아프다고 정지한 무릎의 세계에도 통증은 존재하나 봐

좋으세요 좋을 리가 없잖니 그런데 왜 그러셨어요? 그 질문은 내가 해야지 엄마가 사라져 가는 방향을 향해 고개를 돌렸어 당신이 놓아 버린 세상을 나는 아직 건너는 중인데 아뜩한데 가로수 잎들 다 안다는 듯 조용히 자기 생을 흔들고 두리번 길고양이 이생의 건널목을 가로지르고

우리는 아직 건너야 할 게 남았군요

살고 죽은 사람들이 수없이 건너는 신호 아래
엄마는 아직 사라지는 중인데

신호등이 언제 기분을 바꿀지 불안한데
브레이크에 얹힌 내 발이

눈사람의 미래

제발 녹지 말라고 없어지지 말라고
펑펑 울고 있는 아이를 달랠 수가 없었어
네 뜨거운 눈물 때문에 나는 사라지고 있는데

더 많이 추워야만 살아지는 삶이 있다는 걸
안보다는 바깥에 양지보다는 응달에 살아야만
수명이 길어지는 차가운
햇볕 아래서 사람들이 행복하기만 할까
입술만으로
꽁꽁 뭉쳐 있는 너는 영원히 녹지 않을까
계절을 착각하며 살았던

살아남기 위해 발버둥 치던 내 몸이
따뜻한 온기에 무너지고 있네
눈 코 입이 말을 듣지 않아

걸음을 옮길 수가 없어

네 발등을 다 적시며
왔던 곳으로 돌아가는 길이라고

아이에게 친절하게 일러 주고 싶은데
얼어 있던 심장이 녹아내리는
오랜만에 이 따뜻함이 좋아
좀 더 천천히 돌아가고 싶은데

졸고 있던 베란다에 봄은 너무 빨리 와서
무심한 발길질에 무너지고

온몸이 눈물뿐인 눈 뭉치, 뭉그러진 얼굴만이 남았네

산란하는 허공

이따금 먼 곳을 응시하세요
자꾸 흔들리는 공중에 안과의의 처방전이 길 건너 새집에 걸려 있다

나는 어둑해진 시야로
세차게 내리는 비를 멍하니 건너다본다
비바람 불어 휘청거리는 언저리로 바들바들 떨며 어미새가 들락인다
그새 산란한 새끼들에게 먹이를 물어다 주는
고단한 공중의 발자국

버팀목도 없이 가느다란 빨랫줄에 매달린
높아서 슬픈

사업이 망해 밤도망을 한 아버지는 달동네 판잣집을 휘적휘적 올라 다녔다 모든 공중은 하늘에만 있는 주소 없는 오르막길, 술 취한 아버지의 손끝에 매달려 있던 간고등어나 언 사과알은 날개 없이 공중을 건너는 방식, 주소를 가지고도 아버지는 늘 공중에 살았다 파킨슨으로 흔들거리던

아버지가 공원묘지에 안장된 날, 비로소 지상에 자리 한 칸
마련한 아버지 단단한 허공을 드러내며 웃었다

목련꽃 물티슈

외출에서 돌아오니 거실에 놓아 둔 운동기구, 소파에 새하얀 목련 꽃잎들 다닥다닥 피어 있었어 내가 없는 동안 엄마는 물티슈 한 통을 전부 널어놓은 거야 젖은 가슴이 슬퍼 보여 말리려고 그랬다네

시집온 첫날밤 신랑은 신부의 족두리는 버려둔 채 어른들 몰래 정인을 신방에 들였대 소박데기 소리가 무서운 열여덟 어린 신부는 장독대 옆 목련나무 밑에 앉아 밤새도록 울었겠지 함께 울다 뛰어내린 꽃잎들 차마 떠나지 못해

평생 정인을 끼고 돌던 아버지, 술 취한 발길질 아래 축축하던 짓무른 엄마. 자식은 여섯이나 어떻게 낳았느냐는 비아냥거림에 "니 아부지가 술을 좋아했잖여" 얼굴 붉어지던

—엄마 보송보송하게 말려 드릴게요 질척이는 건 나도 싫어요

치매 앓는 천진한 눈 속으로
내가 펑펑 젖는다

구름의 계보

외동딸이 고등학교를 중퇴한 화교와 정분이 나자 정희 아버지는 호떡집에 불난 것보다 더 고래고래 소리를 질러 댔다 쫓겨난 정희는 잡을 게 없어 뜬구름만 잡는 구름장여인숙에서 드난살이를 시작했지만 기분은 푹신한 뭉게구름 속 솜사탕처럼 띵호와였다

정희를 따라 가출한 하늘에는 두둥실 바람난 새털구름이 떠돌아다녔고, 먹구름처럼 구겨지고 새카매진 그 애 엄만 찔끔찔끔 비구름만 뿌려 댔다

구름장여인숙에는 불안정한 비행운이 출렁거려 구름에 밟힌 새 떼들이 소주잔 속으로 떨어지기도 했지만, 정희는 흰구름과 검은 구름을 번갈아 허공을 잘도 건너다녔다 어떤 날은 구름이 잠시 일손을 빌려 빈둥빈둥한 햇살 속으로 활짝 새들이 날아오르는 걸 볼 수도 있었다

이제 모든 구름 위를 아슬아슬 지나 특급 구름성 호텔에 도착한 정희가 전화를 걸어 왔다 "구름의 이름을 바꾸고 싶다고" 대답을 망설였다 산 중턱 걸린 구름은 그 산에 올라 있는 사람에게는 짙은 안개가 되어 허리를 잘리기도 한다는데……

울혈
—열무*에게

너에게 기별을 보낸 지
여러 날째
달그림자를 건너 갓 쪄 낸 달 속에 달개비꽃처럼 수놓아
지던
열무의 밤,
그 짙은 달빛을 헤엄쳐 빛나는 태몽을 남겨 두고
시월의 마법처럼 왔네

달의 절기를 지나온 힘으로
너는 바람과 분홍 딸기나무와 강물을 건너
먼 곳에서 마침내 당도한 신열의 땀방울

으슬으슬 한기가 몰래 꽃잎을 풀고
쏟아지려는 잠을 끌러 네 입술에 닿으려고
터질 듯 붉은 통증이 오는 것이니
부풀어 오른 새벽을 쥐어짜도
흘러내리지 않는 아침에

돌멩이처럼 굳어 버린 두 개의 보름달이
한 번도 태어나지는 않았지만 영원히 살고 있는

주술을 풀지 못한 채 온전하게 왔네

* 열무: 태명.

폭설

그 죽일 놈이
정체 구간으로 길을 잘못 들어 점심에 먹은 김치찌개까지 부글거리는데
정숙이는 울음까지 섞어 가며 꽉 막힌 전화기 속으로 욕을 퍼붓고 있다
꿈속에서라도 험한 말을 못 하는 교장 선생님 막내딸이
예의와 교양을 무엇보다 중시하는 그 애가
그렇게 사나운 욕을 퍼붓는 상대는 끔찍이도 사랑하는 남편

바람난 남편을 기다리다 풍을 맞았을 때도
늦게까지 속을 못 차리는 화상 때문에
대장이 반 이상 상해 생사를 오갔을 때도
헤어지라고 그렇게 구박을 줘도
사람 좋은 웃음만 흘리던 무던하기가 곰 같던 정숙이가
제 놈 환갑 기념으로 직장에서 받은 금 20돈을 제 팔찌하고
반지를 맞추는 데 다 써 버렸다고
자기는 가진 것도 없는데
무언지 모르지만 중요한 것을 다 잃었는데
한 돈이라도 나누어 주지
이기적인 시발 놈이라고 욕을 해 댄다

>

불현듯 아이들 등록금 때문에 절절맬 때 공돈 생겼다고 고가의 손목시계를 차고 거들먹거리던 남편이 떠올랐다 죽여 버리고 싶었는데

나는 무엇에 홀린 듯 연애 시절부터 알던 정숙이 남편을 싸잡아 욕하기 시작했다
미친놈이 아직도 정신을 못 차렸네 다 늙어 빠진 사내놈이 팔찌는 무슨,
한참을 떠들어 대는데

때마침
정체 구간은 풀리기 시작했고
덩달아 며칠 동안 찌뿌둥했던 하늘에서
눈이 내리기 시작했다
오래 참다 터져 나온 욕설처럼
폭설이다

반지하 도돌이표

나는 오른쪽으로 너는 왼쪽으로
우리는 매일같이
절벽 끝에 매달려 잔다
서로의 표정이 들킬까 눈 감고 입술을 더듬지만
침대는 온도를 올리지 못한다

네가 조금씩 사라져 가는 하루에서
동백은 이미 지고 영산홍은 아직이다
천장의 야광별처럼 너는 꺼지고도 여전히 남아
꽃들이 다 떠나고 난 꽃밭 앞에서야 깨달았다
봄이 가는 게 계절만은 아님을
꽃 진 자리 잡초가 범람한다

가끔씩 거울 속에서
네가 깨지고 내가 깨지고 침대가 깨졌다
어떤 날은 오작동된 내비게이션이
피고 있는 봄을 방파제 끝으로 밀어 넣기도 했다
너는 계단 위로
나는 계단 밑으로 더 깊이 내려앉았고
악보 없는 반지하의 창문으로

잘린 발들이 도돌이표처럼 무심하게 지나가고
예포처럼 물고기들이 솟구쳐 오르기도 했다

반복되는
너는 한 번도 민낯을 보여 주지 않아
봄이 할 수 있는 건 꽃 피우는 일뿐이어서
꽃잎들 소란스러워진다

무상 급식

겨울 햇볕 하나 절뚝이며 무단횡단하는 노인을 따라 나물 몇 단 펼쳐 놓고 웅숭그려 졸고 있는 노파 앞에 멈춰 서서 들여다본다. 갈 길 잊은 듯 오래도록 들여다본다 노파는 여전히 끄덕끄덕 졸고 있는데 습한 생에 일조량을 급식 받은 듯 주변은 온통 무상으로 환하게 혈색이 돈다

커피숍에 앉아 유리문으로 훔쳐보던 눈시울이
반가움으로 뜨거워진다
저이는 내게도 낯익은 그 빛깔이다

가정법원 앞 긴 계단에 다리가 풀려 폐기된 서류 뭉치처럼 쪼그리고 눈물 구겨 넣을 때, 오가는 사람 눈치도 없이 속수무책 번지는 눈물, 주머니 속 손수건처럼 말려 주던 참한 손길. 선고처럼 내려진 진단서 움켜쥐고 병원 후미진 벤치에 멍하니 앉아 있던 때 발길 멈추고 어깨 두드려 주던 그 햇빛

그 빛깔 아직,
갖가지 빛깔로 쟁강쟁강 튀어* 오르는데
단잠에 빠진 듯

꾸벅꾸벅 노파의 졸음이 깊다

* 오정희, 『중국인 거리』.

종이컵 속 11월

마시다 만 입술 언저리에
통증처럼 붉은 말(言)들이 찍혀 있고
뜨거운 속 비우지 못해
한 모금씩 호흡이 걸러지는 시간

끝내 구겨 버리지 못한 채
아직은 다 사라진 것은 아닌 11월
야윈 낙엽을 불러 성글게 가을을 쓸었다
빈 들판처럼 앉아
침묵에서 침묵으로 환승하는 계절

하다 만 이야기를 나란히 컵 속에 남겨 놓고 간 구석진 벤치에
전생이 같은 동종인 우린 지금 11월을 통화하는 중이다

연리지로 애틋한 너는 알아보지 못했다 한 몸인 걸 기억하는 나는 속살거리며 돌아나던 연둣빛 이파리와 무성했던 여름, 혼인색으로 물들던 꽃잎들을 얘기했으나 밀쳐지고 쏟아지고 구겨졌다

>

햇살은 아직
양지를 문틈만큼 남겨 두었는데
눈이 쏟아지고
벤치 저쪽,
네가 놓여 있던 자리, 조금씩 쌓이겠다

옹알이
—강후에게

봄과 눈 맞춘 바깥이 있다

당신이 숨겨 놓았던 씨앗인가

겨우내 말라 있던 화분에서 연둣빛 싹 올라온다

보드라운 입 속의 말랑한 풀들이 햇빛과 장난치며

옹알옹알 수다를 떠는 봄날

얼어 있던 호수가 풀어지며

물수제비 '오' '오' 동그랗게 물결을 만들고

첫 경험 터진 작은 물방울 하나

까르르 무한을 굴러가며 폭우처럼 쏟아진다

외계처럼 신비한 말들로 내 안을 찰바닥거리며

>

먼 곳에서 송신되는 모르스부호를 자꾸만 보내온다

번역되지 못하는 당신처럼

막장 씨 드라마

지금은 친자 확인 드라마가 유행하는 시대, 예민해진 내연이 아이 아빠를 찌른 저녁 뉴스가 막장 드라마처럼 흘러나오는 밤 차갑게 셔터를 채운다. 서울구치소 미결수 690번, 빨갛게 열이 올라 사람을 사과로 혼동했다는 날(刃)에게 살인미수라는 붉은 번호가 한 생애 앞에 붙었다

호적에 오르지 못한 수많은 홍길동들이 동사무소의 견본 양식 속에 누워 있는 제 이름을 이름으로 베고 누워 있다. 아버지는 호적등본을 떼려면 면죄부처럼 좀 더 저물어야 한다고 말했다

붕어빵 같은 제 자식에게 오리발을 내미는 얼빠진 아비阿鼻들, 세습으로 아들을 키우고 싶은 홍길동의 어머니들이 헷갈리며 자라나는 막장, 주인공들마다 오리무중일수록 오늘 밤 시청률은 올라가고 줄거리는 유예된다

술 취해 고래고래 소리치며 아파트 화단에 잠든 아버지, 흔들어 깨우다 문득 친자 확인 비용이 궁금해졌다

수원

당신과 다투고 무작정 집을 나와 시간이나 죽이자고 겨울비 정처 없이 수원 어디쯤 허름한 모텔에 들었다

늦은 밤 홀로인 등 뒤를 보는 주인 남자의 물음표 같은 눈빛에 올 사람 있어요 얼결에 내뱉은 구실 같은 말, 자정 지나 바람도 불안한 방에 노크 소리 올 사람 아직인가요? 당신이나 나나 거짓말을 기다리기는 매한가지 올 사람 없는데 올 사람 있어요

창밖에 미열 같은 겨울비 기웃거리고 기다릴 것도 없는데 기다리는 속이 빈 밤, 밤새도록 변명처럼 비 쏟아지는데 읽히지 않는 책 속의 글자들 빗물처럼 후두둑 떨어지고 물의 근원이라는 수원은 눈물의 근원이 아닐까 생각하다가 창틈으로 들어오는 바람 너무 차가워 이불을 돌돌 말고 오래 울었다

해 설

닫힌 사랑과 상념들

홍용희(문학평론가)

김도이의 시 세계는 "차갑고 흐릿한 쓸쓸함"(「그레이, 그리고」)이 주조음을 이룬다. 시집 전반에 걸쳐 밝고 경쾌한 역동이나 화음이 감지되는 경우는 거의 없다. 그렇다고 해서 절망과 어둠의 정감이 방만하게 흐르지도 않는다. 그에게 "차갑고 흐릿한 쓸쓸함"은 견고한 일상성이 되어 있다. 여기에는 어떤 출구도 없어 보인다. "반지하 도돌이표"(「반지하 도돌이표」)를 벗어나지 못하는 유폐된 공간에서의 사랑이고 관계성이다. 그의 시 세계는 인력보다는 척력, 상생보다는 "상극"(「봄의 입덧」)의 원리에 기반하고 있기 때문이다. 다음 시편은 이러한 시적 정조를 선명하게 보여 주고 있다.

제발 녹지 말라고 없어지지 말라고

펑펑 울고 있는 아이를 달랠 수가 없었어
네 뜨거운 눈물 때문에 나는 사라지고 있는데

더 많이 추워야만 살아지는 삶이 있다는 걸
안보다는 바깥에 양지보다는 응달에 살아야만
수명이 길어지는 차가운
햇볕 아래서 사람들이 행복하기만 할까
입술만으로
꽁꽁 뭉쳐 있는 너는 영원히 녹지 않을까
계절을 착각하며 살았던

살아남기 위해 발버둥 치던 내 몸이
따뜻한 온기에 무너지고 있네
눈 코 입이 말을 듣지 않아

걸음을 옮길 수가 없어

…(중략)…

졸고 있던 베란다에 봄은 너무 빨리 와서
무심한 발길질에 무너지고

온몸이 눈물뿐인 눈 뭉치, 뭉그러진 얼굴만이 남았네

—「눈사람의 미래」 전문

시적 화자는 외친다. “제발 녹지 말라고 없어지지 말라고”. 간절함이 더해지면서 어느새 “펑펑” “눈물”이 흐르기도 한다. 그러나 이러한 사랑의 간절함이 오히려 눈사람과의 이별을 재촉하는 촉매가 된다. “네 뜨거운 눈물 때문에 나는 사라지”는 운명이다. “양지”와 “햇볕”과 “안”으로 표상되는 사랑과 배려 역시 “온몸이 눈물뿐인 눈 뭉치, 뭉그러진 얼굴만이 남”는 미래를 앞당긴다.

이처럼 당혹스러운 역설의 운명 앞에서 시적 화자는 어떻게 해야 할까? 사랑의 정념을 표현하는 것조차 억제할 수밖에 없다. 사랑할수록 오히려 사랑을 감추어야만 하는 것이 숙명이 된다. 사랑의 정념에 태연함의 가면을 씌워야 한다.

다음 시편은 이러한 시적 삶의 상념 속에서 전개된다.

지워진 것은 숨기 좋은 행간이다

꽃은 읽히기 위해 핀다는데
지우개 밥으로 남겨진 여자가
책갈피 어디쯤 겹줄을 그어 놓고 사라졌을까

대낮에 숨어 있던 여자가 화들짝 매무새를 다듬으며
오후 자막에 그림자를 만들어 놓았다
오늘을 구독 중인 신문에 밑줄을 긋는 중
실루엣이 얼비친 그녀 밑줄을 쫙 그어 놓는다

그어진 날이 아픈 듯 신문 속으로 따라 들어오고
빌린 책에 함부로 밑줄을 그어서는 안 되는데
모르는 척 여자는 여백마다 연필을 깎는다

저물녘 접힌 당신을 펼치려다 깜박 잠이 든
나를 낙서하고 있었다는 당신

측은한 듯 노을은 붉은 지우개를 꺼내 든다
나는 빌려 온 저녁에 밑줄을 긋다 지워지는 꽃
남은 것은 이제 피지도 못할 꽃 몽우리뿐

—「지우개 밥」 전문

시적 화자는 사랑의 대상에게 사랑을 고백하는 방법에 대해 고민하는 것이 아니라 자신의 정념을 어떻게 감추느냐에 골몰하고 있다. 상대를 사랑하기 때문에 그 사랑을 감추어야 하는 역설적인 상황이다. 시적 화자는 자신의 사랑의 표현이 상대를 질식시킬지도 모른다는 두려움이 앞서는 것이다. 이때 그는 스스로 "지워"진 "행간"이 되고자 한다. 부재를 통한 현존의 가능성을 모색한 궁여지책의 결과이다.

물론 모든 "꽃은 읽히기 위해" 피는 것이지만 그러나 그는 자신의 자취를 지우개로 지운다. 그러나 지운다고 해서 자신의 존재를 부정하는 무無를 원하는 것은 아니다. "그림자"처럼 또는 "얼비친" "실루엣"처럼 흔적을 남기고 싶어 한다. 자신이 "지워"져 "숨"어 있음을 알리는 행간이고자 하는 것이다. 내가 당신에게 뭔가 감추는 중이라는 것을 알아 달라는 간곡한 바람이 스며 있다. 마지막 연의 "측은한 듯 노을은 붉은 지우개를 꺼내 든다"는 것은 시적 화자 자신을 객관화해서 보는 자기 연민이다. "나는 빌려 온 저녁에 밑줄을 긋다 지워지는 꽃"이며 "남은 것은 이제 피지도 못할 꽃 몽우리뿐"이다. 환희와 기쁨이 아니라 불안과 회의가 지배하는 사랑이다.

한편, 다음 시편 역시 자신을 감추어야 하는 사랑의 역설을 바탕으로 하고 있다.

> 우리가 절연을 해야만 하느냐며 꼭 물음표를 던지던 당신 공터에 버려진 선인장보다 심장이 가난하다 투정을 부리던, 잎을 버리고 가시를 세웠는데 상처를 참다 참다 남몰래 흐느끼는 밤이 있다는 걸 건기의 당신이 짐작이나 하는지
>
> 그늘 한 조각 나눠 주지 않았는데 풀 한 포기 나지 않는 오아시스에 입맛을 떨어뜨리는 모래알 밥상머리 혓바늘 돋은 입 안에 깔깔한 밥알을 욱여넣으며 백 년쯤 기다리면 꽃이 피려나 평생 가뭄의 빗방울처럼 자라나고 천 년쯤 기다리면 꽃이 얻지 못할 걸 꿈꾸었지
>
> —「선인장 공터」 부분

시적 화자는 "잎을 버리고 가시를 세"운다. "공터에 버려진 선인장보다 심장이 가난"한 존재가 된다. 스스로 사막

의 앙상한 식물처럼 건조해지는 것이다. 이것은 마치 스스로 "덧칠한 그림 밑에 이야기를 숨기듯 활로를 지우고/ 미로 속에 나를 버"(「그렇게 길치」)리는 것과 같다. 그러나 "당신"은 "상처를 참다 참다 남몰래 흐느끼는 밤이 있다는 걸" "짐작"도 하지 못한다. "백 년쯤 기다리면 꽃이 피려나" 아니면 "천 년쯤 기다리면 꽃이 얻지 못할 걸" 얻을 수 있을까? 자신의 사랑의 정념을 감추면서 동시에 알아줄 것을 간절히 바라는 패러독스이다. 이것은 알려져야 하고 또 알려지지 말아야 한다. 다시 말해, 내가 그것을 보이고 싶어 하지 않는다는 것을 상대방이 알아야 한다. 시적 화자가 보내고자 하는 메시지는 이것이다. "상극이라는 당신을 처방전도 없이"(「봄의 입덧」)삼킨 이래, "더 많이 추워야만 살아지는 삶이 있다는 걸/ 안보다는 바깥에 양지보다는 응달에 살아야만/ 수명이 길어지는"(「눈사람의 미래」) 역설적 사랑의 운명을 살아야 하는 절박한 상황에서 취할 수밖에 없는 사랑의 태도이고 방식이다.

이러한 사랑의 운명을 시각화하면 르네 마그리트의 〈연인들〉의 형상을 하게 된다.

너는 온통 어두운 색조다
더듬거리며 베일을 벗기려 하지만
너무 가까워
계단을 오르며 카페 안을 들여다본다
두 개의 물음표가 마주 앉아

건드리면 사라져 버릴 불투명한 체온들

모르는 언어가 서로의 입술을 닫아 버렸을 때
너의 눈꼬리에는 언제나 무채색 강물이 흘렀다
베일이 감추고 있는 상처들
오래전에 내버려 둔 얼굴을 당겨
한숨과도 같은 체위로 키스를 하지만

친밀하지 않을 만큼 비좁아
서로를 볼 수 없는 어두운 밤뿐이었다
밤은 빛이 없으니 죽음과 같고
나는 검정이라 발음하고 감정이라 적는다
감정에 대적할 수 있는 컬러는 실패한 불안

두 눈을 마주 볼 수 있으면 사라져 버릴 것들

그래서 당겨 안으면 그렇게 어둡고 막막했던 거다

—「연인들」 전문

르네 마그리트의 회화, 〈연인들〉이 시적 대상이다. 연인이 키스를 위해 서로에게 가까이 다가갈수록 뜨거운 애정의 교감이 아니라 베일의 무정한 촉감을 느끼게 된다. 서로의 얼굴에 흰 천을 뒤집어쓰고 있기 때문이다. 사랑의 정열이 차가운 낙담과 패배감으로 귀결된다. 베일 속에 얼굴이 갇혀 있어서 "서로를 볼 수 없는 어두운 밤"이 반복된다. 따라서 서로의 사랑의 실체와 표정을 읽을 수도 없다. 서로를 갈망하지만 숨 막히는 불안함에서 시작하여 마침내 두려움과 단념으로 귀착되는 슬픈 사랑의 행위이다.

그래서 "온통 어두운 색조"가 지배한다. 사랑의 정열은 언제나 미완성으로 끝난다. "한숨과도 같은 체위"의 "키스"가 반복되면서 "너의 눈꼬리에는 언제나 무채색 강물이" 흐른다. 사랑하는 연인을 보지도 느끼지도 못하는 최악의 키스이다. 그래서 이때의 사랑은 연인과의 상호 소통과 공감 속에 일어나는 것이 아니라 자신 속에 갇혀 있었던 상념들이 자폐적으로 들끓는 사랑이다.

그래서 시적 화자는 "박혔던 말들이 심장과 위장을/ 들락이며 분열을 일으"(「역류성 식도염」)키는 형편이 된다. 김도이의 시 세계가 상호작용을 전제로 하는 외적 소통보다는 복화술이나 "백일몽"과 같은 내적 표백이 주조를 이루는 배경이 여기에 있다.

①

상기된 얼굴로 몸을 열던 계절이 깜박 눈 붙이자 오후 두 시에 꾸는 꿈에 나비 떼 분주하다 수면 근처에 발끝을 들고 기웃거리는 부풀은 구애, 식은 자궁이 잠 안에서 데워져 꿈속 길이 뜨겁다

제 이름을 기다리는 겹겹의 적막

밖으로 불러내지 못한 꽃들에게

—「헛꽃의 백일몽」 부분

②

햇빛이 새벽에게 그물을 던질 무렵 거미줄에 걸려 있는 비밀을 따라 놓쳐 버린 몽유들이 실핏줄처럼 엉클어지고, 축축해진 베갯잇이 길몽과 악몽을 깃털인 양 뜯어내며 먹는데 침대맡 눈시울에 주술처럼 쏟아지는 저 검은 아침

—「미궁, 몽 夢」 부분

③

문안에서 극심한 감정 교차 중인 장미는 장마의 수척한 눈으로 빨강인지 분홍인지 알 수 없는 빛깔만 피고 있는, 감상은 금물이라며 띄엄띄엄 말을 걸어오던 실성한 화원의 문에 돌림병이 옮겨 앉았는지 시름시름 분절된 말들만 쏟아 내고 있다

—「신경증 피는 화원」 부분

시 ①은 "백일몽" 속에서 전개된다. "발끝을 들고 기웃거리는 부풀은 구애"가 현실이 아니라 한낮의 꿈속에서 일어나고 있다. "오후 두 시" "나비 떼"가 되어 "꽃"에게로 간다. 그러나 이 모든 것이 허망한 "꿈속"의 일이다. 그래서 "제 이름을" 불러내지도 못하고 "꽃"처럼 여겨지는 소중한 대상을 밖으로 데리고 나올 수도 없다. "자궁" 역시 꿈속에

서 "데워"진다. 꿈속에서의 간절한 행위는 오히려 현실과 반대인 경우가 많다. 헛되어서 안타까움만 더하는 "백일몽"의 실재이다.

시 ②는 몽유에서 깨어나는 새벽이다. "햇빛이 새벽에게 그물을 던질 무렵", "몽유"의 유영이 "엉클"어지면서 끝난다. 몽환 속에서 이루어졌던 원망들이 새벽 햇빛과 더불어 사라지는 장면이다.

시 ③에서 "장미"는 "극심한 감정 교차"로 "수척"해진 ①, ②의 시적 화자를 가리키는 것으로 볼 수 있다. "장미"의 빛깔이 "빨강인지 분홍인지" 알 수 없는 것처럼 말들도 의미가 불분명한 "분절음"으로 흩어진다. "꽃은 읽히기 위해 핀다는데" "책갈피 어디쯤 겹줄을 그어 놓고 사라"(「지우개 밥」)지는 삶을 고스란히 살아가는 형국이다.

그렇다면, 여기에서 새삼 묻게 된다. 시적 화자의 사랑의 운명이 이처럼 역설적인 구도 속을 "반지하 도돌이표"(「반지하 도돌이표」)처럼 맴돌고 있는 까닭은 무엇인가? 이러한 근본적인 질문 앞에 다음 시편이 놓인다.

마음 떠난 애인을 잡으려다 눈이 멀었다

심장 한 귀퉁이를 멍들게 하는 절망에다 일주일을 빌려주고
메두사 꽃 모가지를 잘라 처방전에 심는다

아침저녁으로 체위를 바꾸는 두 개의 머리,

수척한 비늘이 수시로 쏟아졌다

나의 내부는 빨강의 맹독만 남아서 북향의 동굴처럼 소리 지르는데

어디까지가 당신의 시료詩料인가

안간힘으로 신열 앓는 치명을 밀어낸다

꽃을 피우려는 건 다른 당신을 만들겠다는 말

당신의 눈을 피해 꽃을 피우려면 수심이 더 깊어져야 하듯

첫 꽃 모가지가 꺾이면 다음 날 다른 꽃이 피었다 나는 화석이 된 머리에서 뜨겁고 긴 울대 하나를 끄집어내었다

—「백합 메두사 피우기」 전문

"메두사"는 그리스 신화에서 자신의 아름다운 미모를 자랑하다가 저주를 받아 흉측한 괴물이 된 여인이다. 그녀의 머리카락은 뱀이 되고 그녀와 눈길이 닿는 것은 돌이 되는 운명에 처한다. 시적 화자는 "마음 떠난 애인을 잡으려"다 "눈이 멀"고 "심장 한 귀퉁이를 멍들게" 되는 저주를 받는다. 버림받은 자는 버림받아서 괴롭고 버림받고 슬퍼하는 자신이 한심해서 또 괴로워진다. 그래서 버려진 자의 상념과 번민은 "멍" 자국처럼 깊어진다. "나의 내부는 빨강의 맹독만 남"아서 "신열"을 앓게 된다. 그리고 이것이 시를 쓰는 "치명"적인 재료, 즉 "시료詩料"이다.

그러나 그는 이 파국을 체념적으로 받아들이지 않는다. 새로운 당신으로 "당신을 만들"고자 한다. 이것은 지금까지 너무도 조심스럽게 수동적으로 개진해 온 역설적인 사랑의 국면을 전환시켜 보고자 하는 의지이다. 그리하여 궁극적으로는 상호 공감하고 소통의 사랑을 이루어 나가고자 한다.

그렇다면 그 실천 방법은 무엇일까? 그것은 자신의 정념의 정서적 진술에, 문자 그대로의 표현에 자신을 맡기는 것이 아닐까? 지나침, 직접적 표현 그것이 내 진실이며 사랑의 시스템을 변화시킬 수 있는 힘이 아닐까? 그리고 이 진실, 이 힘이 결국 상대를 감동시키는 계기를 만들어 내지 않을까? 이러한 질문 앞에 다음 시편이 놓인다.

> 포기하지 못한 사랑의 화신 스칼렛처럼 눈물을 뚝뚝 떨구며 이리저리 흔들린다 폭삭 다 젖는다 제 안에 욕망을 감추며 사는 것들은 바람에 잘 흔들리는 법 난 흔들린다 제 안에 숨겨 둔 냄새로 사는 것들은 화분 깊이 숨을 죽이고
>
> 그녀의 발목을 집어 조심스레 유리잔에 심었다 탯줄처럼 뿌리가 자라고
>
> 이제 속을 모두 내보일 때
> 기어이 유리병 위로 핏빛 꽃잎 펼쳐진다
>
> —「스칼렛 제라늄」 부분

"포기하지 못한 사랑의 화신 스칼렛처럼 눈물을 뚝뚝 떨구며" 적극적인 정념의 표현을 시도한다. "이제 속을 모두 내보"이고자 한다. "기어이 유리병 위로 핏빛 꽃잎 펼쳐진다". 그 결과는 무엇일까? 물론, 사랑의 상호 공감과 표현은 결코 쉽지 않을 것이다. 사랑의 국면을 전환시키는 것은 나의 능력 밖의 일일지도 모른다. 여기에는 사랑하는 대상의 변화가 동반되어야 하기 때문이다. 결코 나의 의지만으로 전개되는 것이 아니다. 이때 시적 화자는 다음과 같이 시적 출발 지점에 다시 선다.

가끔 바닷가에서 당신을 넘어가는 투명한 블루의 파도를 본다
나는 이 심장을 달래기 위해 자꾸 바다로 떠나는 것이다

—「그레이, 그리고」 부분

시적 화자는 "당신을 넘어가는 투명한 블루의 파도"가 되고자 한다. 그때에 닫힌 사랑의 출구가 열릴 것이다. 그렇다면 "투명한 블루의 파도"가 열어 가는 세계는 어떤 곳일까? 그것은 말할 것도 없이 "물관을 품고 수직으로 뻗어 오르던 푸른 꿈을" 접은 채 "두꺼운 화산재 속에 파묻혀/ 그대로 돌이 되었다는 규화목"(「나무 화석」)과 같은 "검은" "서사"(「서사적인 검은」)로부터 벗어나는 역동의 세계이다.

이번 시집 전반에서 가장 밝고 생기 넘치는 면모를 보여주는 다음 시편은 바로 여기에 대응한다. 시적 화자 스스로

"나무 화석"의 소극적인 삶에서 벗어나서 능동적인 생명력을 되찾을 때 "당신을 넘어" "투명한 블루의 파도"를 열어 가는 것은 물론 자신을 둘러싼 세상까지 변화시킬 수 있는 가능성이 열리지 않을까? 이렇게 보면, 다음 시편은 김도이가 앞으로 펼쳐 나갈 시적 삶의 새로운 지평을 기대하게 한다. 어둠과 하강에서 역동적으로 상승하는 신생의 언어라는 점에서 더욱 깊고 소중하게 느껴진다.

봄과 눈 맞춘 바깥이 있다

당신이 숨겨 놓았던 씨앗인가

겨우내 말라 있던 화분에서 연둣빛 싹 올라온다

보드라운 입 속의 말랑한 풀들이 햇빛과 장난치며

옹알옹알 수다를 떠는 봄날

얼어 있던 호수가 풀어지며

물수제비 '오' '오' 동그랗게 물결을 만들고

첫 경험 터진 작은 물방울 하나

까르르 무한을 굴러가며 폭우처럼 쏟아진다

외계처럼 신비한 말들로 내 안을 찰바닥거리며

먼 곳에서 송신되는 모르스부호를 자꾸만 보내온다

번역되지 못하는 당신처럼

—「옹알이」 전문